KB249199

외로워도 가끔은 혼자이고 싶을 때가 있다

모아드림 기획시선 108

외로워도 가끔은 혼자이고 싶을 때가 있다

박행자 시집

모아드림

  시인은 모름지기 시를 써야 시인이다.

  그러나 나는 너무 게으른 탓에 "무늬만 시인이다." 라는 말을
아들 녀석에게서 듣고 내 자신을 뒤돌아보게 되었다.

  고심 끝에 등단 11년 만에 나의 부끄러운 모습을 드러낸다.

  나는 아는 것도 없고 가진 것 또한 없다. 하지만 마음만은 항상
풍요롭게 살기를 원한다. 몸이 추울 때는 옷으로 감쌀 수 있지만
마음이 추울 때는 어찌할 도리가 없는 일이기 때문이다.

  시를 쓴다는 것이 날로 어렵고 또한 두렵다. 게다가 시낭송까
지 하다보니 어느 것 하나 제대로 하는 것이 없다. 한꺼번에 두 가
지의 짐을 지고 가야 하는 것이 여간 부담스럽기도 하지만, 어쩌
면 피할 수 없는 나의 운명인지도 모른다.

  이 첫 시집이 나오기까지 묵묵히 나를 지켜봐 준 남편과 승호,
승지 그리고 바쁘신 가운데에서도 해설을 써 주신 허형만 교수님
께 감사드리며, 나를 아는 모든 분들과 함께 하고 싶다.

                                        2007년 깊어가는 가을에
                                              박 행 자

차 례

시인의 말

제1부

제2부

제3부

제4부

제1부

달개비

세월 때문일까
문득문득
외롭다는 생각이 든다

저벅저벅
숲길을 홀로 걸어나올 때나
혹은 누군가를 만나
많은 말을 하고 되돌아오는 길에는
내 어깨 위에
몇 배 더 무거운 외로움의
무게가 실리곤 한다

수화기를 붙들고 앉아
친구와 수다를 떨고
커피를 마시고
화초에 물을 주고
책을 읽고
시를 쓰는 것도

다 외로움을 탈피하고픈
하나의 몸부림이다

아무도 찾지 않는
산기슭에
그리움의 초라한 등불 밝히는
보랏빛 달개비꽃처럼

외로워도 가끔은
혼자이고 싶을 때가 있다

사막섬

도초면 우이도 돈목이라 불리우는
작은 포구 해안 깊은 곳의
또 한 섬

그곳에는 밤마다
바다의 영혼들이 모두 깨어
너른 모래벌에 푸른 장삼자락 휘날리며
외로이 키워온 전설 있다지

바람이 불어올 때면
하늘 높이 우뚝 솟아오르기도 하고
골짜기 낮게 흐르기도 하면서
제 홀로 그리움 삭히는

그대 유년의 언덕
뒹굴며 살아온 세월만큼
아득히 펼쳐진
사막섬

오늘 문득 그가 그립다

나도 누군가에게

나
그대로 인해
사랑을 알고
행복을 알았습니다

사랑을 알고
행복을 알기까지 숱한 세월
눈물뿐이었습니다

소리내어 울 수도 없는
절망을 끌어안고
슬픔의 소용돌이 속에서
허우적일 때
당신을 만났습니다

언제부터인가
내 가슴 가득 충만함으로 채워 주던
당신으로 인해

사랑이라는 말을
행복이라는 말을 자주 떠올립니다

당신이 그랬듯이
나도 누군가에게 기쁨이 되고
사랑이 되고
행복이 될 수 있는
그런 마음 따뜻한 사람이 되고 싶습니다

방황

불혹의 나이
이 나이쯤 되면 떠났던 사람들도
귀향을 꿈꾸는데
우리는 그동안 정들었던
고향을 떠난다

어린 두 아이 앞세우고
남편을 따라
대전 큰 마을 한 모퉁이에
낡은 짐을 부려놓고
방황의 닻을 내리지 못해
한참을 거리의 미아처럼 헤매다녔다

의지가지없는 타향살이
삶이 버거울 땐 누군가에게
기대고 싶고
위로 받고 싶은
그리고 한없이 약해진 자신을 보고

소스라치게 놀라기도 하면서

불러도 대답 없는
이름을 불러보다가
홀로 징징대며
나
여기까지 왔다

이사

집주인이 방을 비우란다

이번이 몇 번째인가
가마솥 같은 더위
머리에 이고
이 골목 저 골목 기웃대며
전전긍긍

때맞추어 전세대란이라니

가도 가도 끝이 없는 길

발에 물집이 앉고
땀으로 목욕을 하며
이렇게 얼마를 더 헤매다녀야 할까

산다는 것은 이런 것인가
고작 한 평 누울 공간을 찾기 위해

잠시 쉬어갈 곳이
이다지도 어려운 일인가

아궁이

아무리 가난이 아리어도
그것이 행복의 전부였던 기억
그런 기억들마저 희미한
아득한 세월

생솔가지 지피며
까닭 없는 설움에 꽤나 많은 눈물
흘리기도 했던 날들
지금은 내 기억의 언저리에
맴돌다 가는 싸한 바람 한 줌뿐

시류에 떠밀려
그대를 향한 내 마음
멀어질까
조바심 태우면서도
현실의 괴리감 떨쳐버릴 수는 없다

그때 흘린 눈물말고도

지금 내 가슴 깊은 곳엔
그리움의 강물만
끝없이 흘러내리는데

그해 겨울

경기도 안양시 만안구 안양3동
수리산 깊은 계곡에도
이맘때쯤이면
어김없이
겨울, 푸근한 눈이 내렸지

삶이 무언지도 모를 나이에
훌쩍 고향을 떠나
낯선 도시에서
의지가지없이 떠돌다

그대 그리울 때면
눈꽃 핀 갈참나무 숲 사이
죽순처럼 우뚝 솟아오른
두 병목 석탑 아래 쭈그리고 앉아
또 한 탑을 쌓으며
종일 해바라기 하던

맹꽁이

낯선 이방의 땅에
홀로
난
길
헤매이다

바람의 바람
그 예리한 칼날에
마음 베이고는

어둑한 길목에
엎드려

밤새껏
목이 쉬어

조율

크로마 하프 줄이 느슨하게 풀렸다
나는 한없이 흔들려가던 현을 붙잡고
무한의 침묵으로 돌아앉아
한 올 한 올
꼼꼼히 되짚어가며
잃어버린 기억 되찾고 싶다

언젠가 이정표 없는
어느 나들목에서 그만
아득히 삼천포로 흘러버린 세월만큼
제자리로 다시 돌아오기까지는
아마도 상당한 시간이 필요하리라

가는 실바람에도
아주 민감하게 반응하는 잎새들처럼
그렇게 흔들리며 살아온
삶이었기에
사랑이었기에

두 손에 땀을 쥐고
한껏 옥죄어도
가끔은 알 수 없는 그리움에
목이 메일 때도 있다

그곳에 가면

꽁꽁 얼어붙은 겨울의 심장을 뚫고
은빛 파닥이는 빙어
낚아 올린
짜릿한 손맛 느낄 수 있다기에
눈꽃 보러 가자는 사람들 대열에서
몰래 도망치듯 빠져나왔다

결코 잊을 수 없다는
달콤한 유혹에
설레는 마음으로
길을 떠난다
한번쯤 느껴보고 싶었던
삶의 짜릿한 손맛

그래,
은빛 퍼덕이는 빙어
아니 은빛 퍼덕이는 빙어보다
더 싱싱한 시어 하나 낚아 올릴지도 몰라

따스한 어느 봄날의 기억

나 어릴적
비탈진 언덕 기어오르다 말고
굴러 떨어진 무릎의 상처
세월이 가도 지워지지 않는
흔적으로 남아

잊을까
잊혀질까
훌쩍 커버린 이 나이에도
그날의 악몽은
잊을 수가 없다

진달래 붉게 물들이던
기억뿐인 내 고향 산천
그 언덕의 봄을

나는 차마…

신혼일기

두 손 탁 치고 올려다
본
하늘은
그저 아득하기만 했다

비비댈 언덕도 없고
황량한 벌판에 달랑 젊음 하나
외롭던 시절

오뉴월 땡볕아래
이마에 흘린 땀방울 훔쳐가며
서로가 서로를 위해
그늘도 되었다가
쉼터도 되었다가

탱자나무 울타리 하얗게 핀
그 아린 꽃내음에
목울음 삼키며

촘촘히 어둠 밝혀 수놓았던
나의 신혼 일기

기다림의 시간

오랜만에 아이들과 함께
낚시를 갔다

수심을 알 수 없는
깊은 강물에
낚싯대를 드리우고 앉아
아련히 밀려오는 물너울 바라다본다

지나온 삶을 되돌아보며
가슴 안에 맺힌 한을
풀어내기도 하고
잃었던 자신을 되찾기도 하면서

웬일일까
시간이 흐르고 또 흘러도
입질 한 번 하지 않는
까닭은

부윰한 안개

그 은밀한 고요 속에서

도무지 그들의 행방을 알 수가 없다

또, 다시 연

아직 서녘 끝자락에 남아 있는
따스한 온기 한 줌 주머니 속에 꼭 움켜쥐고
퇴근길 어느 플라타너스나무 밑을
지날 때였다

하늘 높이 날아오르던 꿈도
잠시 비바람에 너덜너덜 찢겨진
제 살점들 사이로
앙상한 뼈마디가 훤히 들여다보이는
방패연, 그 시린 가슴 위로 날아든
또 한 장의 비보, 허리케인 소식
줄줄이 늘어선 가로수 나무 밑둥을 들이받으며
퍼드득 퍼드득 깊은 한숨 내쉬며
절규하는 삶의 마지막 몸부림

문득, 어젯밤 연을 사달라던
아이들 생각에 조심조심 다가가
허리달 어루만지며

따끈따끈한 아랫목에 둘러앉아
앙상한 뼈마디에
살을 붙이고
고운 옷을 지어 입히노라면

아마도,

목포를 떠나며

── 바다

─이제는 멀리
좀 더 멀리에서 그대를 생각하고
그대를 바라보는 습관을 길러야겠습니다

그대 품에서 나고 자라
그대 품을 떠나 살 수 없는 내가
불혹의 언덕을 넘어서야
정들인 그대 곁을 떠나갑니다.

힘들고 외로울 땐 언제나
그대를 찾아가
하염없이 눈물 쏟아낼 때마다

삶은 꼭 즐거운 것만도
슬픈 것만도 아니라며
싸르르 쏴아― 싸르르 쏴아―
나를 위로하듯
넓은 모랫벌을 연신 쓸어내리던

파도

어디를 가든
무엇을 하든
내 마음은
늘
그대 곁에 가 닿아 있습니다

갓바위 전설

소문만 무성히 나돌던
세월의 뒤안길
물려받은 유산이야
모진 가난뿐이던 시절
내게도 있었다

송쿠며 찔레순이며
띠뿌리 캐먹던
원시적인 삶에 익숙했던 때가
가끔은 그리울 때도 있다

산다는 것이 무엇인지도 모르고
그저 먹고사는 일 외엔
아무것도 생각할 수 없었던
날들도 지나고 보니
추억이다

세월이 흐르면

즐거운 일도
슬픈 일도
모두 다 추억이 되는구나
한 끼 식사를 걱정하던
그 절박한 시절까지도

갯바람 지나는 영산강변엔
모진 가난 때문에
부모를 여읜 설움의 죗값으로
무거운 돌갓 끝내 벗지 못한
바람 같은
눈물 같은 아픈 전설이 있다

그리움

그랬다
목포에 살 때는
마음만 먹으면 언제라도 달려가
만날 수 있으리라고

수평선 너머 뭍으로
여울져 오는
눅직한 그리움이 내 허리에 휘감기던
바람의 살가운 눈빛들에게도

먹고살기 바쁘다는
궁색한 변명의 말꼬리 흐려놓고
정작 멀리 떠나와서야
그때가 좋았구나
비로소 그립단 말을 한다

사랑이나 그리움 모두
그 만큼의 거리에서 바라볼 때

더욱 아름답고 애틋하다 하여도
나는 지금 너무 멀리에
와 있다

진주조개처럼
그리움 하나 몰래
간직한 채.

병

사뭇
그립던 날에
병이 났다

멀고도
가까운 곳에
계시어도

차마
홀로
깊던 밤

봄 앓이

지상의 별빛
잠들기 전에
내가 먼저 자리에 누웠다

저만큼
계절의 담장 너머로 달아나던
질투의 여신이
한껏 쏘아올린 불화살이
내 심장 깊숙이 날아와 박혀
이렇듯 지옥의 뜨거운 맛을 보게 한다

우듬지 끝에 매달려
마지막 숨고르기 하던 늦가을 잎새처럼
천길 낭떠러지 훤히 내다뵈는
아득한 고독지옥 속

지금 난, 사랑보다
더 지독한

봄을 앓고 있다

가슴의 뜨거운 피로
계절의 향기를 빚고 있는
저 봄 나무들처럼

*고독지옥(孤獨地獄) : 지옥과 같은 고통으로 느끼는 심한 외로움.

2부

숲

멀리서 바라보는 숲은
평화롭다
한없이 평화롭게만 보인
그 숲을
가까이 다가가 들여다보노라면
비로소 그 숲의 속내를 알게 되리

풀 한 포기
나무 한 그루
돌멩이 하나에 이르기까지
어느 것 하나
성한 것이 없다는 것을

그럼에도
숲은 새들을 불러들여
쉬어갈 자리를 내어준다
이 나뭇가지에서 저 나뭇가지 위로
푸릉대며 오르내리는

새들을 위해 숲은
오늘도 푸른 잎들을 무성하게 틔운다

월견초

단지 꽃을 보기 위해서라면
철조망 울타리 고개 넘어
굳이
위태로운 삶에
목숨 걸지는 않았으리

켜켜이 쌓인 어둠 곳곳에
움푹 패인 웅덩이
허방 깊어도
한달음에 달려가
한 송이 달맞이꽃으로
곱게 피어나고 싶었다

그대 지날 길목에
아득히
서서

비 오는 날

오늘처럼 비가 오는 날이면
몹시 그리운 이가 있습니다.

온 산야가 붉게 물들어가던
10월, 불현듯 당신을 떠나보내고도
울지 않았던 내가 오늘은 주체할 수 없는
설움에 목이 메입니다.

한 발 한 발
이별의 순간이 다가오는
그 즈음
마지막 손을 놓고
한 줌의 흙을 조심스레
당신의 가슴 위에 얹고는

내 눈 속에
내 기억의 영상 속에
오래오래 간직하기 위해

아득히 멀어져간 당신의 뒷모습 바라보다
울지도 못했습니다.

오늘처럼 주룩주룩 비가 오는 날이면
당신이 그리운 만큼
실컷 울어나 보고 싶습니다.

얼음새꽃

지금도 그대 생각하면
밤새 한 잠 못 이룬 날들의
아린 기억뿐

눈 덮인 산골짜기
시린 얼음장 밑으로 빼꼼히
얼굴 내밀며
쓸쓸히 미소 짓던
그대

보고도
못 본 척
말없이 돌아서는
낸들 좋았으랴

하지만
가까이 다가가면 다가갈수록
그리운 마음에 상처가 되는

사랑 있더이다
때문에 서로 마음 다치지 않을 만큼의
거리를 두고
바라보는 것이 좋으리라

이제 더는 누구의 가슴에
미움을 남기고 싶지 않기 때문에
나는 그대 곁을
그렇게
떠나올 수밖에 없었소

초대합니다

성자가 아니어도
철학자가 아니어도
가끔 우리는 무엇으로 사는가에
한번쯤은
스스로를 되묻게 됩니다

고독 저편에 또 다른 고독을 안고
고독 속에 웅크리고 앉아 고독을 잉태하다
끝내 고독 속으로 사라져
가는 것은 아닌지

나 그대 위해 노래하는
별이 되고 싶습니다
그대 위해 춤을 추는
어릿광대이고 싶습니다
그리고 그대의 삶 속에 가장 오래 기억되는
한 줌 진한
그리움으로 남고 싶습니다

이제 몇 잎 남지 않는
잎새가 쓸쓸함을 더해 주는 이 계절
믿고 의지하며
나의 버팀목이 되어 주는
마음 따뜻한 당신을
초대합니다

해바라기

아무리 방향을 바꾸어 놓아도
해를 따라도는 해바라기처럼
나 또한 당신을 향해 서 있습니다

이젠 제법
기다림에도 익숙합니다

천년의 세월을 기다린다 해도
희망이 있는 기다림은
쓸쓸하거나
슬프지만은 않습니다

누군가를 기다리고
누군가를 사랑한다는 것은
고통 가운데
즐겁고 행복한 일입니다

가을 연가

한 잎 낙엽마저
다 떠나보내고도
나무는 슬퍼하지 않습니다

그럴수록 더욱 당당하게 서서
기다림의 뿌리를 깊게 내립니다

허나 우리는
서로를 그리워하면서도
만나면 헤어짐을 염려하는
그런 사랑이 슬프고
아프기 때문에 마냥 두렵기만 합니다

가을 비 내려
가슴 적시던 낙엽들 바라보며
까닭 없이 슬퍼지는 것은

그대가
사무치게 그립기 때문입니다

때 늦은 후회

그땐 진정 몰랐습니다
뒤돌아보니
모든 것이 후회로 남습니다

싸늘히 식어버린
커피를 마시며
당신에 대한
나의 무심을 생각합니다

당신 떠나기 전에
나는 한번도
단 한번도
사랑한단 말을 하지 못했습니다

이제 와서야
이렇게
때늦은 후회를 합니다

산을 오르며

수없이 많은 나무들로
빼곡한 산허리에서
아득히 칠부 능선 바라보며
가쁜 숨 몰아쉰다

우뚝 솟아오른 기암괴석과
거침없이 토해내는 폭포수 한데 어우러진
수려한 경관만큼
험한 산

나를 버리고
또 다른 내가 되기 위해
얼마나 많은 세월
번민의 깊은 골짝 헤매야 할지

신새벽부터
신발끈 고쳐 매고 어둠 밟으며
산을 오르는 사람들은 안다

꼿꼿이 일어선 벼랑 기어오르는 것만큼
나를 버리기는
나를 죽이기는 결코 쉽지 않다는 걸

삶에 지친 육신의 피로와
상처받은 영혼을 보듬고
한 발 한 발 가야만 하는 것은
이 길 끝에 푸른 깃발로 내 걸린
희망이라는 이름의
당신이 있기 때문이다

촛불

내가 살아가는 동안
내게 주어진 모든 일들이
당신을 위한 일이라면 좋겠습니다

가슴 속 깊이
홀로 키워 온
사랑
차마 전하지는 못하여도

스스로를 태워
어둠을 밝히는
촛불처럼

당신만을 위한
당신만의 사랑이고 싶습니다

그대가 나를 부르면

그대가 나를 부르면
언제라도
한달음에 달려가
따뜻한 미소로 그대를 맞으리라

기다리고 또 기다려도
오지 않는
그대를 생각하며
나는 오늘도 문 밖을 서성인다

그대를 생각하면
즐거웠던 기억보다
슬프고 아픈 기억들이
먼저 떠오르지만
그래도

그대가 나를 부르면
한달음에 달려가

그대를 맞으리라

다시는 슬퍼하거나
아파하거나
그리움에
눈물 흘리지 않으리

내게 있어 당신은

당신이 그리워
지긋이 눈을 감습니다

당신이 그리울 때면
때로 빗물처럼 흘러내리는
뜨거운 눈물이
가슴을 적십니다

이제야 조금 철이 드나봅니다
무심하기론 둘째가라면 서럽던 내가
이렇게 당신을 생각하고
당신을 그리워하는 걸 보면

지난 세월 탓해 무얼하겠습니까
이제라도 내 기운이 다 쇠하여
기력이 없어질 때까지
오직 당신만을 사랑하고
당신만을 그리워하겠습니다

설령 당신이
나를 기억하지 못한다 하더라도
당신의 손과 발이 되고
당신의 눈과 귀가 되어
당신만을 위해 살아가겠습니다

오늘이 있기까지
묵묵히 내 곁에 있어 주었던 당신
오늘 문득 당신이 그리워
눈을 감습니다

당신이 있었기에

당신이 있었기에
당신이 늘
내 곁에 있었기에
잃었던 웃음 다시 되찾을 수 있었습니다

물불 가리지 않는
당신의 희생이 아니었던들
그리고 늘 마르지 않는
당신의 뜨거운
눈물의 기도가 아니었던들

오늘의 내가 있었겠습니까
때로 눈물이 날 때도 많았고
기억하고 싶지 않는 일들도
참 많았지만

이렇게 웃음을 다시
되찾을 수 있었던 것은

사랑으로 감싸주신
당신이 있었기 때문입니다

이처럼 세상 모든 이들이
사랑의 힘으로
영원히 미소 잃지 않는
행복한 삶이 되기를
희망합니다

나의 그대에게

오늘도
당신이 그리워
한 줄기 지나가는 바람 편에라도
당신의 안부를 묻고 싶습니다

홀로 무연히 창 밖을 바라보며
우울 깊은 곳을 향해 달려가다가도
문득 당신을 생각하면
어두웠던 마음이
이내 주홍빛
능소화꽃처럼 환하게 밝아옵니다

이렇게 항상
당신을 생각하고
당신을 그리워하는 것은
당신이 내 생의 전부이기 때문입니다

먼 훗날
내가 당신의 인생에 있어
가장 아름다운 기억으로
남을 수 있는
그런 사람이 되고 싶습니다

오늘도
당신이 그리워
한줄기 지나가는 바람 편에라도
당신의 안부를 묻고 싶습니다

미소

어느 날
당신은 아무런 말없이
꽃을 비추는 햇빛과 같이
온화한 미소로
나를 바라보았습니다

그때가 내 생애
가장 견디기 힘든 외로움으로
몹시 지쳐 있을 때였습니다

당신의 미소 속에 담긴
사랑과 용기와 희망을 읽어내고
삶의 큰 위로를 받았던
기억이 있습니다

당신의 그 미소로 인하여
나는 새로운 삶의
힘을 얻을 수 있었고

세상의 밝은 빛을
다시 보게 되었습니다

당신의 온화한 미소처럼
세상 모든 이들이
사랑과 희망과 용기로
서로 위로가 되는
그런 삶이 되었으면 좋겠습니다

내게 있어
당신은 이 세상 그 무엇보다
귀하고 소중한 희망입니다
사랑입니다

그리움

당신이 그리울 땐
당신의 그리움 잠재우기 위해
한 잔의
진한 커피를 마십니다

그러나 그 향기로운 커피가
오히려 내게는 더욱 더
간절한 그리움으로 다가와
가슴 설레게 합니다

당신이 그리울 땐
언젠가
당신이 보내온
빛바랜 편지를 읽곤 합니다

당신을 다시 만날 수만 있다면
그날엔 밤새워
당신과 다하지 못한

사랑의 말 나누고 싶습니다

그날이 언제일지
아직
알 수는 없지만

능소화

나는 매일
그대의 아름다운 모습
바라보며
그 집 앞을 지나옵니다

내가 그대를 부르면
금방이라도
한걸음에 달려올 것만 같은
그대가
온통 내 가슴 설레게 합니다

세상이 힘이 들고
또한 어려운 일들도 많지만
사랑하는 일보다
어렵고 더 힘든 일이 또 어디 있겠습니까

후두둑 쏟아지는 빗줄기에도
아랑곳없이 넌출넌출 늘어진 가지마다

사랑이 피어납니다

이 세상 어디에도
사랑만큼 아름다운 꽃은 없을 것입니다

네 잎 클로버

나눌 수 있는 것이 있다면
그 무엇이든
당신과 함께하고 싶습니다

산길을 걷다 힘이 들면
나무 그루터기에 서로 기대 앉아
함께 거친 호흡을 고르고

또한 할 수만 있다면
볕 좋은 양지녘 풀숲에
마주앉아
행운의 네 잎 클로버를 찾고 싶습니다

그 귀한
행운의 네 잎 클로버를 찾아
당신께 드리고 싶은 까닭이 있습니다
영원히 당신을 위한
당신만을 위한
행운의 여신이고 싶기 때문입니다

나무

길에 버려진
어린 것을
데려와 화분에 심는다

먼 훗날
라일락 향기보다 더 향기로운
꽃도 피우고
탐스런 열매도 맺고

그리고 이 길을 지나는
나그네들의 지친 발걸음 잠시
쉬어갈 쉼터도 되고

새들도 날아와
나래를 접고
성숙의 깃털 고를 수 있게
한 자리 내어주는

그런 나무이길

3부

꽃등

신새벽
내가 매일 지나는 골목 끝집
대문 밖에
오늘은 젖은 꽃등 하나
쓸쓸히 내걸려 있더이다

간밤
천둥번개를 동반한 거친 비바람에도
슬픔의 무게를 견디며
쓸쓸히 비초이는
님의 길
모든 생명에는 끝이 있어
아름다운 것인가 그래서 이별이 더욱 애틋하고
그리운 것인가

날이 밝았는데도
날은 어둡습니다
하마 내일이면

나의 집 문간에도
저렇듯 쓸쓸히 꽃등 하나 내걸리겠지요

매화

허허로운 삶의 북풍받이에 서서
날선 바람이 가슴살 훑고 지나가는가 싶으면
또한 바람이 찾아와
채 아물지 않는 상처를
후비고 가고

그러고도 모자라
싸리울 넘어뜨리고 가난한
내 꽃밭마저 무참히 짓밟고 달아나던
그 싹슬바람에
몹시도 춥고 외롭던 날들

그래, 언젠가는 담담하게 웃으며
내 슬픈 기억 속의
아픈 시간들까지
추억이라 말할 수 있는
그런 날 있으리라

자르르 윤기 나는 그리움을 안고
은밀한 곳에 돌아앉아
아름다운, 내 생의 가장 아름다운 빛깔의
향기 빚고 또 빚으며
기다리는 것이다.

금당산에 올라

진달래 꽃빛으로 곱게 물들인
금당산, 옥녀봉에 앉아
아득히 산 아래 마을 굽어보노라니
어디선가
선호랑나비 한 마리
나폴나폴
빛의 파장을 일으키며
날아와
내 어깨 위에 살풋 내려앉는다

시린 얼음장 밑으로
고요히 흐르는 강가에서
탈피의 탈피
거듭하면서
가장 멋진 모습으로

산에나 들에나
지천에 깔린 게 풀이고 꽃이고

돌이고 나무이건만
아무런 의심도
아무런 두려움도 없이
내게로 와
이리도 내 맘 설레게 하는가

가을은

가을은
멀리 떠났던 만큼
다시 되돌아와

조용히
제자리에
몸을
눕힌다

누구나 할 것 없이
가을에는
한 짐 꾸려
제자리로 되돌아가고 싶어한다

벚꽃

윙윙
4월의 밤
집어등처럼 환히 밝혀 놓은
그윽한 숲길

굽이굽이
몇 십리 험한 산을 넘어
4월의 심장 깊게 날아와 박힌
벌 나비 떼

어둠이 짙어갈수록
이슥한 꽃가지들에 숨은 불빛들은
더욱 현란하게 타오르고

어디선가
아름다운 이 거리의 숲으로
아쉬울 것도 없는 바람이
불어온다

벚나무 숲, 비밀

혹여, 들어보셨나요

벚나무 숲에 나직이 엎드려
그 가슴판에 ♡를 새겨 놓으면
죽어서도 영원히 헤어지지 않는다는
설화를

그래서 봄이면 그토록 많은 사람들이
벌떼처럼 몰려와
밤 이슥토록 벚나무 숲을
떠나지 못하나 봅니다

저 빙하의 협곡을 지나
봄의 길목에 아득히 서서
그렇듯 만개한 데에는
다 그럴 만한 사연이 있었던 게지요

제행무상

영원할 수 없는 사랑 영원하리라
믿고 싶은 사람들의 은밀한
사랑이 가지가지마다
그렇게 현란하게 피던 것을

나팔꽃

흙 한 줌 없는
베란다 알루미늄 창틀 사이
쌓인 먼지 속에 용케도 뿌리내린
나팔꽃 한 송이 곱게
피었다

자칫, 한 발짝만 물러서면
아찔한 천 길 낭떠러지
신새벽
잠시 다녀간 비
몇 방울로 간신히 마른 목 축이며
빛부신 아침을 맞는
가녀린 몸빛의 해맑은 미소

그 해맑은 미소 너머엔
밤새 어두운 난간 붙잡고 오랜 진통으로
시퍼렇게 멍이 든 시간의
아픔들이…

그래, 어떤 상황에서든
살아야겠다는 의지만 있으면
언젠가는
한 송이 두 송이 아니
백만 송이 꽃인들 피우지 못하랴

불회사, 유홍초

지난여름
녹음 우거진 숲길을 따라
불회사에 갔습니다

속세와 경계를 지어 놓은
나직한 대발 울타리 가슴께로
가녀린 몸빛의
몇 점
진홍빛 유홍초
돌아보고 또 돌아보며
산문을 걸어 나왔던
불회사, 그 대발 울타리 앞에 다시 섰습니다

일체중생실유불성一切衆生悉有佛聖
신의 성품 닮고자
한여름 찌는 무더위도 잊은 채
불심을 키우고 키우더니

어느 바람결엔가
허상의 번뇌 말끔히 지우고
바라밀다, 그 절대의 영원 속으로 떠난
그대 빈자리엔
서리꽃만 하얗게 피었더이다

사랑은 화석이 되어도
─ 폼페이 화산 유적에서 발굴된 두 남녀

아득한 세월의 저편
베수비오 화산의 거대한 폭발로
비극적인 운명을 맞이한
비운의 도시

폼페이
화산 유적에서 발굴된
활화산보다 더 뜨겁게 타오르다
절대의 영원 속에
함께 잠이 든
가슴 시린 사랑 있더이다

우레와 같은 소리로
지축을 뒤흔들며
덮쳐오는 죽음의 그림자 앞에서
서로를 꼬옥 껴안고
용암, 그 뜨거운
불구덩이 속에서도

놓을 수 없었던…사랑

그 위대한 사랑 앞에
세상을 불바다로 쓸어버린
불의 신께서도
그들의 사랑만큼은
차마 녹일 수 없었나 봅니다

괭이눈

봄철 야산이나 그늘진 숲속 어디에서나
흔히 볼 수 있는 아주 작은
풀꽃이 있습니다

그 존재가 너무 미미하여
눈길 한번 끌지 못하고 살아가지만
어느 날 문득
그에게도 사랑이 찾아오면
꽃잎을 에워싼
푸른 잎마저 노오랗게 물들어
멀리서도 한눈에 바라볼 수 있도록
그리움의 등불 환히 밝히는
삶의 놀라운 지혜를 엿보았습니다

냉혹한 현실
오직 살아남기 위해
살아가기 위해
오랫동안 거친 비바람 속에서도

시행착오를 거듭하면서 스스로 터득한
그만의 눈물겨운 삶이
나를 새로이 눈뜨게 합니다

선인장

단 한 시간에도 일 년분의
많은 비가 쏟아져 내리는가 하면
십 년의 세월이 흘러도
단 한 방울의 비도 내리지 않는 사막이 있다

낮에는 도가니처럼 찌고
밤이면 혹한 추위와
모래바람에 시달리며
살아가는 눈물겨운 삶이 있다

황무지, 그 불모의 땅에서
살아가고
살아남기 위해
마음 다잡아
스스로에게 채찍을 가하는 일이다

끝이 보이지 않는
그리움 속에서

한없이 자신을 낮추는 일이다

절망의 그루터기에서도
포기하지 않는
강한 집념과 인내만이
아름다운 삶의 꽃을 피울 수 있기에

가을 창가에서

열린 창문으로
시린 바람이 기웃거린다

여름 내내 활짝 열어두었던
베란다 우거진 숲으로
매미 나비 잠자리
풍뎅이 이름모를 새까지 날아와
잠시 쉬었다 가곤 하기에
좀처럼 닫을 수 없었던
문으로 이제
가을 찬바람이 자유롭게 드나든다

그 바람에
상수리나무가 고운
갈색 옷으로 갈아입는다

베란다
빽빽이 들어선 나무

언제 어떤 친구가 또 올지 몰라
망설인다
문을 닫아야 할지
말아야 할지

별구경

불현듯
11월 차가운 밤바람에
옷깃 여미며
도심의 외곽으로
별을 찾아 나섰다

아슴히 먼
기억의 저편에 가물거리는
때묻지 않은 순수 그대로의
맑고 고운 시절의 푸른 별빛
그리워

각박한 현실 속에서
잠시 별을 바라볼 수 있다는
그 하나만으로도 얼마나
즐겁고 행복한 일인가

그날 따라

대촌리 들녘 헤매고 다녀도
그 어디에도 별은 보이지 않았다
그저 하늘 문 밖에서 우두커니
불 꺼진 창문만 하염없이 바라보았을 뿐

비누방울

소풍 나온 아이들이
아주 고만고만한 키의 아이들이
산언덕에 올라
허공을 향해
비누방울을 날려보낸다

더 높고
더 넓은 세상을 향해
고운 꿈들을

크고 작은
수천 수만의 꿈들을
허공 속에 날려보내는
아이들의 얼굴엔
해맑은 미소가 자잘한
세 잎 풀꽃송이처럼 피어난다

우리는
─ 여와 늬

그대는 여로
나는 늬로
우린
어차피 하나의
풍경일 수밖에 없었다

젖다가
흐르고
젖다가 다시 흐름을 반복하면서
종일 회한의 눈물 흘리며
서로의 아픔만 쓸어내리던

결코 사랑일 수
없는

전화

밤낮
시도 때도 없이
걸려 온 전화

수화기를 집어들면
이내 말없이 뚝 뚝
끊어버리고 마는

발신자 추적 장치에도
거미줄에도
레이더 망에도 걸리지 않는
난만한 정체불명의 전화

오늘도 나를
아득한 미궁 속으로
몰아넣는 그대

사랑일까

미움일까
그리움일까

해당화

조금나루
먼발치에서
보았네

내 기억 속에서
아득히 멀어져 간 그대

들물 썰물에 수없이
그리움 씻어 말리며
몸부림치던
가시 아픈 사랑

가까이 다가가 안을 수도
만져볼 수도 없는
묵언의
아쉬운 해후

먼발치에서

그저 바라볼 수 있다는 것만으로도
충분히 행복한 하루였네

4부

어머니

목계木鷄라는 말은
나무로 작은 닭을 만들어
벽에 보금자리를 꾸며주고
그 닭이 울 때까지
어머님이 오래 사시기를 기원한다는 뜻이다

그런데
왜 이리 가슴이 아려오는 것인가
한번도 단 한번도
사람답게
자식답게
인간답게 살아보지 못한 내가
부끄러워 고개를 들 수가 없다

젊음도 한때
머지않아 우리도 가야 할
그 종착역에서
땅을 치며 통곡하고

후회한들
무슨 소용 있으리

책임과 의무는 다하지 않으면서
한껏 제 욕심만 챙기는
요즘 세상은 참으로 알 수 없는
요지경 속

오직 자식들 위해 살아온
당신의 한 많은 그 세월이
이제는 뼈아픈 고통으로
남을 줄이야

겨울나무

내가 사랑하는
사랑은
한창 물오른 여름 숲의
진초록 나무가 아닙니다

내가 사랑하는
사랑은
이미 사랑으로 붉게 물들어 버린
가을 숲의 나무도 아닌

실오라기 하나 없이
훌훌 벗어버린 아주 보잘것없는
한 그루 겨울나무입니다

허허로운 벌판에 나앉아
세상 모진 풍파에 찌든
고독한 눈빛의 등 굽은
팔순의 어머니
바로 당신입니다

그날

나는 한번도
내 어머니 화장하는 모습
못 보았다

뒤란 장독대에 정화수 떠놓고
새벽마다 두 손 모아 기도하는 모습은 보았어도
한여름 찌는 불볕 아래
논밭 이랑에 엎드려 김매던 모습은
수없이 보았어도

한번도 단 한번도
내 어머니 얼굴에 분 바르는 모습
보지 못하였다

허리띠 졸라매고
고개 너머 또 고갯길 오르내리며
서러운 애옥살이로
평생을 살아온

당신
오늘 그런 내 어머니가 화장을 한다

신새벽 첫닭이 울기도 전
장롱 깊숙이 간직해 온
새 옷을 갈아입고
아무런 말없이 곱게곱게
화장을 한다

지상의 가장 고운 모습
내게 보이시려고 당신은 그렇게 가야 할
시간을 붙잡고

거미

한 마리의 염낭거미가
만삭의 배를 끌며
강가 싱그러운 부들잎 돌돌 말아
그 안에
아늑한 산실을 꾸미고 있다

이제 곧 알에서 깨어날
새끼 거미들을 위해
한 올 한 올
정성껏

오직 자식들 위해서라면
자신의 몸은 물론 목숨까지도 아끼지 않는
가없는 사랑

가쁜 숨 몰아내쉬며
얼마 남지 않는 생의 마지막 그 순간에도
자식들의 끼니 걱정을 하는

지독한 모성

제 어미의 살을 먹고 자란
새끼 거미들이
먼 훗날
제 어미의 그 지극한
사랑, 기억이나 할까

그림자

슬플 때나 기쁠 때나
비가 오고 눈이 올 때나
나는 항상
당신의 그림자로 살아갑니다

모래 바람 부는 언덕을
넘어도 그렇고
험한 가시밭길을 걸어도
그렇습니다

아무리 힘들고
아파도
그저 괜찮다고만 하시던
당신

굳이 꽃길을 마다하고
험한 산길로만
가시밭길로만 다니시던

어젯날

당신이 떠나신 후에서야 비로소
나는 알게 되었습니다
오로지 나를
강하게 키우기 위해서라는 것을

어머니
이제 당신은 가셨지만
나는 영원히 당신의
긴 그림자로 남겠습니다

혼불

작은 섬 마을에 짙은 어둠이 내리고
별만 서로 반짝이던
한 여름밤
마당에 멍석 깔고 누워
북극성을 향해
하나 둘 별을 헤던 밤

휘-ㄱ
내 머리 위로 쏜살같이 스쳐 지나가는
푸른 불덩이 하나
지지직 지지직 푸른 빛의
긴 꼬리 흘리며
어디론가 사라져갔다

오싹 소름이 돋았다
잠시 정적이 흐르고
어머니는 아마도
아랫집 종기 영감 가시려나보다 하셨다

3일 후
어김없이 그 집 대문간에는
소설처럼 붉은 꽃등이 내걸렸다

그때 내 나이 열 셋이었지. 아마-

비 오는 날

오늘처럼 비가 오는 날이면
몹시 그리운 이가 있습니다

온 산야가 붉게 물들어 가던
10월, 불현듯 당신을 떠나보내고도
울지 않았던 내가 오늘은 주체할 수 없는
설움에 목이 메입니다

한 발 한 발
이별의 순간이 다가오는
그 즈음
마지막 손을 놓고
한 줌의 흙을 조심스레
당신의 가슴 위에 얹고는

내 눈 속에
내 기억의 영상 속에
오래오래 간직하기 위해

아득히 멀어져 간 당신의 뒷모습 바라보다
울지도 못했습니다

오늘처럼 비가 오는 날이면
당신이 그리운만큼
실컷 울어나보고 싶습니다

아무려면

아무려면 내가 가난한 삶에 지쳐
슬프고 외롭고 쓸쓸하다 한들
절대고독 속으로
홀로 떠나가는
당신의 그 뒷모습만 할까

아무려면 내가
바위덩이처럼 무거운
고독의 무게에 짓눌려
헤어나지 못한다 한들
영원한 침묵을 베고
고독의 깊이에로
잠이 든
당신만 할까

세상이 아무리 나를 힘들게 하여도
서서히 죽음의 문턱을 넘어서는
당신

그저 바라만 봐야 하는
그 마음만큼 힘들고 아픈 일도 없을 게다

아무려면 산 입에 거미줄 칠까
세상의 모든 인연을 접고 떠나는
그 영원한 생과 사의
갈림길에서도
"밥 먹었냐?"
자식놈 끼니 걱정을 하는
그 지독한 모성

…………

아직도 내 귓전에 맴도는
마지막 그 한마디
……"밥 먹었냐?"……

당신은 그렇게

가시밭길 걷던
상한 맨발로 아득한
고요의 정점을 향해 달려가는
당신을 봅니다

80하고도 한참을 생각해야 하는
삶의 무게만큼 무겁게 내려앉는 눈꺼풀
들어올리기도 힘겨운
밤

생의 끝자락 붙들고 시간의
마지막 숨고르기 하는
이쯤에서는
그림자처럼 따라다니던
그 지독한 가난마저 슬그머니
당신의 손을 내려놓습니다

살아온 세월만큼 진땀을 쏟으며

당신은 지금
낯선 곳으로 먼
여행길 떠나십니다

내 가슴에 영원히 지지 않을
슬픈 그리움의
눈물꽃 한 송이 피 · 워 · 두 · 고

구절초

지난한
삶의 쓰라린 기억
다
묻어 두고
가신

내 어머니 무덤가에
피어난
한 송이
구
절
초

다알리아

향기도 없는 꽃이
피었다 지고
또 피었다 집니다

당신이 가고 없는
그
빈
집
뜨락에서

갈대밭

단오를 즈음하여
당신이 늘 찾으시던
갈대밭에 왔습니다

한창 물오른 갈대 밑둥을 베어
반으로 갈라
허옇게 드러난
갈대의 속살을 떼어
대금의 청공에 붙이고 부노라면

맑고 투명한 마치 영혼의 울림으로
되살아나는 소리처럼
깊고 은은하게 울려퍼지던
그 소리에 취하여

성치 않는 몸으로도
날마다 구들 밑 파고들며
천상의 소리를 끌어안고 몸부림치다

새벽 먼 길 떠나시던
아버지
어쩌면 당신은
가난만큼이나 고독했던
삶이었는지도 모릅니다

그토록 가난한 삶의
오랜 벗이었던
당신의 손때 묻은 대금 어루만지다
저물녘
모두 제 둥지를 찾아 떠나는데
나는 사락사락
제 가슴살 스치는
푸른 대바람 소리 껴안으며
갈대밭길 서성이고 있습니다

개미

이제는 더 이상 졸라맬
허리도 없다

숱한 세월
오직 침묵 하나 부둥켜안고
살아온 당신

일평생
흙 속에 파묻혀 헤어나지 못한
고단한 삶 속에서도
밤이면 흐릿한 호롱불빛 아래
한 땀 한 땀 사랑을 깁던
어머니

시린 손끝 부비며
끓인 밀죽도
자식 놈 먼저라
주린 배 다시 한번 졸라매고

쉬어 넘던 고개

모진 가난 끌어안다
등이 굽어버린
팔순八旬의 나이
이젠 오랜 세월에 무디어져
그 아픔조차 느낄 수 없는 지금

이제는 더 이상 졸라맬
허리도 없다

개사초*

저 들녘에
별이 지고
그 영혼의 환한 빛으로
다시 피어나는 쇠별꽃잎
사이사이
감추려 애쓰던
그대의 슬픔 위로

대지의 심장 얼얼하게 내리꽂히던
유월의 장마비, 그 어둠 속에서
겨우 비가림만 해 두었던
아버님의 묘

이제나 저제나 하다보니
어느덧 석삼년의 세월이 흘렀다
그 오랜 세월
가슴에 얹고 살아온

무거운 짐
이제 그만 내려놓아도 되지 싶다

* 개사초 : 흙이 드러난 무덤의 떼를 갈아 입힘

동백
─── 들꽃 이야기 · 1

한 줌
엷은 햇살을 등에 업고
스산한 바람결에
억새 물결 일렁이는 언덕 넘어
아버지와 긴 이별을 하고
돌아와
베란다 창문 앞에 우두커니 섰습니다

지금 어디만큼 출렁이며
흐르고 있을
아버지
베란다 한켠에
때이른
동백꽃이 붉게 피었습니다

생전에 당신이 좋아했던
붉은 동백꽃
두어 송이

내 마음 가장 깊은 곳에
한 방울 뜨거운 이슬로 맺힙니다

이제 텅 빈
당신의
그 빈 자리
무엇으로 채워야 할까요

산국화
--- 들꽃 이야기 · 2

어머니, 스산한 바람이
옷깃을 여미게 하는
계절의 뜨락엔
노오란 산국화 꽃내음이 그윽하고
재넘어 세월의 때절은 가난한 당신의 골방에선
산국화보다 더 상긋한 살내음이
애잔한 슬픔으로
나의 가슴을 적십니다.

기실, 당신은 한 생을 위하여
허리띠 졸라메고
팔풍받이 언덕 오르내리며
서러운 애옥살이에
얼마나 많은 눈물 쏟아냈던가요

들꽃처럼 살다
들꽃처럼 시들어가는
어머니, 당신의 여든두 해

그 긴긴 생을
진한 눈물의 향기로 가득 채우십니다그려−

찔레
─ 들꽃 이야기 · 3

당신이 걸어온 길은
온통 가시밭길 투성이었다

그 길을 맨발로 걸으며
가난한 삶의 처절한 몸부림 속에서도
하루에도 몇 번씩
세월의 잔등 오르내리며
우리는 가난에 더욱 익숙해 갔다
때문에 또래들보다
먼저 철이 들었는지도 모른다

밤이면
남몰래 설움의 가시
툭툭 붉히며
핏빛 울음 쏟아내던
어머니
문틈으로 당신의 모습 몰래 훔쳐보면서
그렇게 살아야 하는 줄만 알았다

꽃이 지고
잎도 다 지고 나서야 비로소
나는 알게 되었다
앙상히 드러난 당신의
뼈마디 어루만지며
얼마나 가시 아픈 삶을 살아야 했는지를

사랑하는 아들에게

이 세상 그 누구보다
너를 사랑하기에
때로 가슴이 메인다

남자라면 누구나
한번은 꼭 다녀와야 하는
군 · 입 · 대
겉으로야 용감한 척
아무렇지 않는 척
하지만 못내
서운함을 감출 수 없다

너를 보내고
하루 종일
일이 손에 잡히지 않는다

정작 떠나봐야
소중함을 알듯이
세삼 너의 빈 자리가 느껴진다

진솔한 삶의 색채, 그리움의 풍경

박행자의 시

허형만

(시인 · 목포대 교수)

1

이 시집은 박행자 시인의 첫 시집이 된다. 그러기에 등단 후 지금까지 써온 수많은 작품 중에서 자신의 삶과 시정신이 가장 조화를 잘 이룬 작품들만을 가려 뽑은 것으로 판단된다. 이 시집을 읽으며 나는 새삼스럽게 시는 어떠한 것이며, 무엇을 위해서 존재하는 것인가를 생각하지 않을 수 없었다. 그 이유는 아마도 요즘 한국 시단에서 유행하고 있는 한 풍조를 염두에 두고 있기 때문일 터이지만, 그보다는 이처럼 진솔한 자신의 고백성사와 같은 시를 최근에 별로 읽은 기억이 없기 때문이라는 게 더 타당할지 모르겠다.

박행자 시인의 시는 우선 자질구레한 기교가 없어 좋다. 대개 좋은 시와 그렇지 않은 시의 구별은 음미의 경험에 의해 판단되는 거지만 또한 시적 경험과 지적 요소에 의해서도 시의 본질을 구명하고자 하는 게 우리들이 갖고 있는 감상의 상식이라고 한다면, 우리는 시라는 이름으로 너무 현학적인 기교에 식상해 있다. 다음으로 박행자 시인의 시가 갖고 있는 전반적인 흐름은 삶에서 우러난 내적 진통을 마치 거대한 물살이 안으로 소리를 감추고 흐르듯 내면에서 다스리고 있다는 점이다. 이 말은 겉으로 시인인 체 하며 목소리만 큰 시인들과는 구별된다는 의미를 내포한다. 우리의 경험에 의하면 소리만 큰 시는 시가 아니라 소음이다. 어떤 이는 의식적으로 목소리를 크게 내어 자기의 힘을 과시하려 하지만 현명한 독자는 그러한 꾀임수에 휘말려들지 않는다. 본래 숨소리는 조용한 법이다. 숨소리가 거칠면 생명의 위험을 알리는 신호이다. 시도 마찬가지이다.

박행자 시인의 시가 갖고 있는 이 두 가지의 장점을 알고 시를 읽다 보면 우리는 우리가 굉장히 익숙해 있는 것에 대해서 얼마나 경탄하지 않고 살아가고 있는가를 깨닫게 된다. 나는 수업시간에 P. B. 셸리의 『시의 옹호』를 강의하면서 "생명과 세계 – 혹은 여기서 우리들이 존재하며 느끼는 것에 대한 것을 어떤 명칭으로 부르든지 간에, 이것은 경탄해야만 할 것이 아닌가."라는 말에 힘주어 강조하곤 한다. 왜냐하면 시를 쓰는 사람이나 쓰지 않는 사람이나 모두 단지 익숙해진 안개에 눈이 흐려져서 생존의 경이를 분명히 바라다보지 못하기 때문이다. 박행자 시인의 시들은 바로 이 점에서 독자에게 새로운 공감을 주기에 충분하리라 본다.

2

박행자 시에서 먼저 우리가 주목하는 것은 '외로움'이다. 한자 말 '고독孤獨'과 상통하는 이 마음 상태를 요즘 시인들은 잘 쓰려하지 않는다. 왜일까? 그것은 아마도 유치한 감정의 표현이라고 생각해서이지 않을까? 그러나 근본적으로 갖고 있는 인간의 이 외로움의 상태를 억지로 억누르고 다른 말로 비비꼰다 해서 그 외로움이 달리 시적으로 승화되는가? 박행자 시인은 이 점에서, 즉 자신의 감정에 대해서 대단히 솔직한 시인임에 틀림없다. 적어도 이 솔직한 감정을 유치하지 않게 드러낼 줄 아는, 그래서 독자의 감성을 자극할 줄 아는 시인으로 보인다. 그만큼 진솔하다는 말이다.

세월 때문일까
문득문득
외롭다는 생각이 든다

저벅저벅
숲길을 홀로 걸어나올 때나
혹은 누군가를 만나
많은 말을 하고 되돌아오는 길에는
내 어깨 위에
몇 배 더 무거운 외로움의
무게가 실리곤 한다

수화기를 붙들고 앉아
친구와 수다를 떨고
커피를 마시고
화초에 물을 주고
책을 읽고
시를 쓰는 것도
다 외로움을 탈피하고픈
하나의 몸부림이다

아무도 찾지 않는
산기슭에
그리움의 초라한 등불 밝히는
보랏빛 달개비처럼

외로워도 가끔은
혼자이고 싶을 때가 있다

—「달개비」전문

　철없을 적엔 몰라도 나이가 들면 누구나 외로워지는 법. 물론 시인은 "세월 때문"이라고 했지만, 어찌 보면 외로움이라는 감정도 나이가 가르치는 것 중의 하나가 아닐까 싶을 때, "문득문득" 드는 게 바로 외로움일 터. 그래서 시인에게 있어서 홀로 걸어 나오는 "숲길"은 곧 세상길에 다름 아님을 우리는 눈치챈다. 세상길에서 혼자일 때는 말할 것도 없고 누군가를 만나 "많은 말을 하고 되돌아" 올 때마다 홀로라는 인식의 그림자가 시인을 따라 붙는다. 그래서 시인은 이 그림자를 떨치기 위해 몸부림을 친다. 친구와 전화로 수다를 떨어보기도 하고, 커피도 마셔보고, 화초에 물도 주어보고, 책을 읽기도 하고, 시를 쓰기도 하면서 외로움에서 탈피하려는 몸부림은 처절하다. 그러나 그 처절한 몸부림 속에서 시인은 깨닫는다. "아무도 찾지 않는 산기슭"의 달개비꽃이 바로 그 깨달음의 화신이다. 시인 자신과 달개비꽃의 동일성을 마침내 발견한 것이다. 결국 시인의 외로움은 단순한 감정의 일종이 아니라 생의 긴 여로에서 만난 도반이며, 동시에 자신과 일치된 삶이라는 걸 우리에게 보여준다. 그렇지 않은가. "외로워도 가끔은 혼자이고 싶을 때가" 있지 않은가.

크로마 하프 줄이 느슨하게 풀렸다
나는 한없이 흔들려 가던 현을 붙잡고
무한의 침묵으로 돌아앉아
한 올 한 올
꼼꼼히 되짚어 가며
잃어버린 기억 되찾고 싶다

언젠가 이정표 없는
어느 나들목에서 그만
아득히 삼천포로 흘러버린 세월만큼
제자리로 다시 돌아오기까지는
아마도 상당한 시간이 필요하리라

가는 실바람에도

아주 민감하게 반응하는 잎새들처럼
그렇게 흔들리며 살아온
삶이었기에
사랑이었기에

두 손에 땀을 쥐고
한껏 옥죄어도
가끔은 알 수 없는 그리움에
목이 메일 때도 있다

―「조율」전문

　조율調律이란 악기의 음을 표준음에 맞추어 고르는 것
을 말한다. 인간이 한 삶을 살아가면서 자신의 생이라는
악기의 줄이 느슨하게 풀리면 그 악기는 제 본래의 소리
를 내지 못한다. 그래서 인간에게 구원의 철학이 있고
종교가 있는지 모른다. 느슨하게 풀려진 현을 고르기 위
해. 따라서 박행자 시인에게 있어 크로마 하프 줄이 느
슨하게 풀린 것과 외로움은 같은 맥락에서 파악된다.
"가는 실바람에도/ 아주 민감하게 반응하는 잎새들처럼
/ 그렇게 흔들리며 살아온/ 삶"이나 사랑의 내면에는 외
로움이라는 물줄기가 흐르고 있다. 그러기에 시인은 "한
없이 흔들려가던 현을 붙잡고/ 무한의 침묵으로 돌아앉"

는다. 느슨하게 풀린 현과 한없이 흔들려가던 현은 곧
자신의 삶을 상징한다. 이러한 삶을 "두 손에 땀을 쥐고/
한껏" 옥죈다. 그렇다. 옥죈다. 팽팽하게. 그러면 본래대
로의 제 소리를 울릴 것이다. 울려야 만이 악기로서의
제 값을 다할 터. 지금까지 살아온 한 생애에서 "아득히
삼천포로 흘러버린 세월"도 본래의 자리로 되돌아 와
"잃어버린 기억"도 되찾을 터. 그러나 내면에 흐르고 있
는 그 지독한 외로움의 물줄기는 멈추지 않고 "가끔은
알 수 없는 그리움"을 안개처럼 뿜어내니 어찌 시인의
목이 메이지 않을까. 그렇다. 목 메인 그리움이란 결국
외로움이 낳은 병에 다름 아니다. 그것은 마치 오랜만에
아이들과 낚시질 가서 입질 한번 하지 않는 고기를 기다
리는 "부윰한 안개/ 그 은밀한 고요"(「기다림의 시간」)와
같은 것인지도 모른다. 아님, 사랑보다 더 지독한 봄을
앓고 있으면서 느끼는 "고독지옥孤獨地獄" 속과 같은 것
인지도 모른다.

> 지상의 별빛
> 잠들기 전에
> 내가 먼저 자리에 누웠다
>
> 저만큼

계절의 담장 너머로 달아나던
질투의 여신이
한껏 쏘아올린 불화살이
내 심장 깊숙이 날아와 박혀
이렇듯 지옥의 뜨거운 맛을 보게 한다

우듬지 끝에 매달려
마지막 숨고르기 하던 늦가을 잎새처럼
천길 낭떠러지 훤히 내다뵈는
아득한 고독지옥 속

지금 난, 사랑보다
더 지독한
봄을 앓고 있다

가슴의 뜨거운 피로
계절의 향기를 빚고 있는
저 봄 나무들처럼

—「봄 앓이」 전문

고독지옥이라니. 지옥과 같은 고통으로 느끼는 심한
외로움이라니. 이토록 지독하게 봄을 앓아본 사람이 어

디 또 있을까. 지상의 별빛보다 자신이 먼저 자리에 누워버린 봄날, 사랑보다 더 지독한 봄을 앓으면서 시인은 무엇을 생각하고 있을까. 그것은 아마도 지독한 봄 앓이만한 지독한 그리움이 아닐까. 시인은 이 그리움 때문에 병까지 난다. "사뭇/ 그립던 날에/ 병이 났다// 멀고도/ 가까운 곳에/ 계시어도// 차마/ 홀로/ 깊던 밤"(「병」 전문)을 호소하는 시인의 그리운 감정은 "차마/ 홀로/ 깊던 밤"에서 절정을 이룬다. 부사인 '차마'가 갖고 있는 그 간절한, 즉 애틋하고 안타까워서 감히 어찌 할 수 없는 그 간절한 마음이 '홀로'와 '깊던 밤'을 동시에 수식함으로써 「봄 앓이」의 "지상의 별빛/ 잠들기 전에/ 내가 먼저 자리에" 누울 수밖에 없는 상황을 잘 설명해 주고 있다. 외로움과 그리움은 어쩌면 같은 DNA를 타고났는지 모른다. 그래서 "비가 오는 날이면/ 몹시 그리운 이가"(「비 오는 날」) 있고, "오늘 문득 당신이 그리워/ 눈을 감"(「내게 있어 당신은」)기도 하며, "오늘도/ 당신이 그리워/ 한 줄기 지나가는 바람 편에라도/ 당신의 안부를 묻고 싶"(「나의 그대에게」)은 것은 모두 외로움 때문이 아닐까. 이처럼 외로움과 같은 줄기의 그리운 마음은 박행자 시인에게 있어 거의 연가 형태로 변환되어 나타남을 볼 수 있다.

당신이 그리울 땐
당신의 그리움 잠재우기 위해
한 잔의
진한 커피를 마십니다.

그러나 그 향기로운 커피가
오히려 내게는 더욱 더
간절한 그리움으로 다가와
가슴 설레게 합니다

당신이 그리울 땐
언젠가
당신이 보내온
빛바랜 편지를 읽곤 합니다

당신을 만날 수만 있다면
그날엔 밤새워
당신과 다하지 못한
사랑의 말 나누고 싶습니다

그날이 언제일지
아직
알 수는 없지만

—「그리움」전문

우리가 잘 아는 김소월의 시에 "그립다 말을 할까 하니 그리워"라는 구절이 있다. 또한 정희성의 시에는 "한 그리움이 다른 그리움의 그윽한 눈을 들여다볼 때 어느 겨울인들 우리들의 사랑을 춥게 하리"라는 구절도 있다. 이처럼 시인에게 있어 그리움이란 대상에 대한 심정적 표현의 수단이 된다. 박행자 시인에게 있어서도 이 간절한 그리움을 잠재우기 위해 "한 잔의 진한 커피"를 마셔도 보지만 "오히려 내게는 더욱 더/ 간절한 그리움으로 다가와/ 가슴 설레게" 한다. 그리움을 잠재워보려고 마신 진한 커피가 오히려 더 또렷하게 간절한 그리움으로 살아난다. 그럴 때면 "빛바랜 편지"를 꺼내어 읽곤 한다. 그리고 나아가 "밤새워" 예전에 다하지 못한 "사랑의 말"을 나누고자 갈망한다. 이처럼 그리움의 폭이 점층적으로 넓어져 가는 시간은 그만큼 외로움의 깊이가 더 깊다는 것을 암시한다. 그것은 곧 상실된 현실에 대한 자아의 갈망이다. 이미 오래 전에 독일의 고트프리트 벤은 상실된 현실을 극복하는 정신의 형성과정을 '서정적 자아das lyrische ich'의 개념으로 풀어낸 바 있거니와 박행자 시인의 경우, 이 그리움 또는 외로움을 극복하기 위해 네 잎 클로버를 동원한다.

나눌 수 있는 것이 있다면

그 무엇이든
당신과 함께하고 싶습니다

산길을 걷다 힘이 들면
나무 그루터기에 서로 기대 앉아
함께 거친 호흡을 고르고

또한 할 수만 있다면
볕 좋은 양지녘 풀숲에
마주앉아
행운의 네 잎 클로버를 찾고 싶습니다

그 귀한
네 잎 클로버를 찾아
당신께 드리고 싶은 까닭이 있습니다
영원히 당신을 위한
당신만을 위한
행운의 여신이고 싶기 때문입니다
— 「네 잎 클로버」 전문

  일반적으로 우리나라에선 토끼풀로 불리우는 클로버
는 유럽 사람들에게 있어 희망, 행복, 애정을 나타낸다
고 믿는다. 보통 세 잎이 많은 클로버 속에서 네 잎은 드

물지만 이것을 찾은 사람에겐 행운이 깃든다는 전설이 있다. 특히 6월 24일 또는 그 전날 밤에 뜯은 네 잎 클로버는 악마를 물리친다고 믿는 곳도 있다. 박행자 시인도 행운의 상징인 네 잎 클로버를 찾아 "당신"께 드림으로써 자신이 "행운의 여신"이 되고 싶어 한다. 그러나 문제는 현실 속에 "당신"이 존재하지 않는다는 사실이다. 이 부재의식이 곧 대상, 즉 "당신"에 대한 그리움이고 외로움의 요인이 된다. "나눌 수 있는 것이 있다면/ 그 무엇이든/ 당신과 함께" 하고 싶지만, 지금 함께하고 있지 않기에 더욱 간절해진다. "산길을 걷다 힘이 들면/ 나무 그루터기에 서로 기대 앉아/ 함께 거친 호흡을 고르고" "또한 할 수만 있다면/ 볕 좋은 양지녘 풀숲에/ 마주앉아/ 네 잎 클로버를 찾고" 싶지만 모두 희망사항일 뿐, 현실적으로 불가능하다. 이처럼 "당신"이 없는 상실된 현실에서 우러나는 그리움, 또는 외로움을 극복하기 위해 네 잎 클로버를 찾고자 한다. 네 잎 클로버를 찾아 손에 든 자신이 곧 "행운의 여신"으로 등장하는 꿈을 꾸면서. 그러면 이 현실에 부재하는 그리움의 대상 앞에서 그냥 그렇게 소망하는 것만으로 끝낼 것인가. 박행자 시인의 의식은 그렇게 단순하게 끝내지 않는다.

　　오늘도

당신이 그리워
한 줄기 지나가는 바람 편에라도
당신의 안부를 묻고 싶습니다

홀로 무연히 창 밖을 바라보며
우울 깊은 곳을 향해 달려가다가도
문득 당신을 생각하면
어두웠던 마음이
이내 주홍빛
능소화꽃처럼 환하게 밝아옵니다

이렇게 항상
당신을 생각하고
당신을 그리워하는 것은
당신이 내 생의 전부이기 때문입니다

먼 훗날
내가 당신의 인생에 있어
가장 아름다운 기억으로
남을 수 있는
그런 사람이 되고 싶습니다

오늘도

당신이 그리워

한 줄기 바람 편에라도

당신의 안부를 묻고 싶습니다

　　　　　　　　　　—「나의 그대에게」 전문

　박행자 시인에게 있어 그리움의 대상에 대한 부재의
식은 절망이 아니라 오히려 소망이랄 수 있다. 그것은
"한 줄기 지나가는 바람 편에라도" 안부를 묻고 싶어 하
기 때문이다. 시인은 주저하지 않고 실토한다. "문득 당
신을 생각하면/ 어두웠던 마음이/ 이내 주홍빛/ 능소화
꽃처럼 환하게" 밝아 온다고. 그리움을 다스릴 줄 안다
는 말로도 들린다. 능소화꽃처럼 환하게 밝아오는 마음
이란 바로 소망스러움이다. 사랑이다. 시인에게 능소화
는 "이 세상 어디에도" 없는 "사랑만큼 아름다운 꽃"(「능
소화」)이다. 그리움의 대상인 "당신"을 생각하면 "능소
화꽃처럼 환하게 밝아"오는 사랑이 있기에 시인은 그 당
신이 지금은 비록 곁에 없지만, 그래서 외롭고 그립지
만, 결코 좌절하지 않음을 알 수 있다. 아니, 도리어 "이
렇게 항상/ 당신을 생각하고/ 당신을 그리워" 하는 것이
자신의 생의 전부라고까지 말할 정도이니 그 정신의 건
강함에 우리는 감탄하지 않을 수 없다. 고대 시가로부터
우리네 시가들 대부분의 정한의 시들은 떠나간 님, 또는

부재중인 그리움의 대상에 대해 원망과 한스러움으로 표현한다. 그러나 박행자 시인에게 있어서는 원망이나 한스러움의 대상이 아니다. "나는 새로운 삶의/ 힘을 얻을 수 있었고/ 세상의 밝은 빛을/ 다시 보게"(「미소」) 된 대상이다. 그러기에 "이 세상 그 무엇보다도/ 귀하고 소중한 희망"이며 "사랑"(「미소」)이라고 고백한다. 따라서 박행자 시인의 그리움은 차라리 "자르르 윤기 나는 그리움"(「매화」)이다.

3

한편, 박행자 시인의 첫 시집에는 유독 가난했던 기억과 어머니에 대한 그리움이 많다. 이 가난의 삶을 시인들이 그리 달갑게 표현하려 들지 않는다는 사실에 비추어 볼 때 오히려 박행자 시인의 시정신이 얼마나 진솔한가를 역설적으로 보여준다는 점에서 우리에게는 신선하게 다가온다. 그리고 그 가난은 늘 어머니와 함께, 또는 어머니가 돌아가신 뒤의 삶에서도 문득문득 묻어나곤 한다.

아무려면 내가 가난한 삶에 지쳐
슬프고 외롭고 쓸쓸하다 한들
절대고독 속으로

홀로 떠나가는
당신의 그 뒷모습만 할까

아무려면 내가
바위덩이처럼 무거운
고독의 무게에 짓눌려
헤어나지 못한다 한들
영원한 침묵을 베고
고독의 깊이에로
잠이 든
당신만 할까

세상이 아무리 나를 힘들게 하여도
서서히 죽음의 문턱을 넘어서는
당신
그저 바라만 봐야 하는
그 마음만큼 힘들고 아픈 일도 없을 게다

아무려면 산 입에 거미줄 칠까
세상의 모든 인연을 접고 떠나는
그 영원한 생과 사의
갈림길에서도
"밥 먹었나?"

자식놈 끼니 걱정을 하는
그 지독한 모성

…………
아직도 내 귓전에 맴도는
마지막 그 한 마디
……"밥 먹었냐?"……

— 「아무려면」 전문

　이 시는 제목도 그렇거니와 시 안에서도 '말할 것도
없이 그렇다'는 뜻의 "아무려면"이라는 감탄사가 세 차
례나 등장한다. 우리가 이 감탄사에 주목하는 이유는 가
난과 어머니의 죽음이 하나의 연결고리의 역할을 하고
있음을 단적으로 보여주고 있기 때문이다. 보라. 전체 5
연 중 1, 2, 4연에서 "아무려면"이 세상을 떠나고 있는
어머니와 가난을 교묘하게 얽으면서 시인의 심정을 더
욱 확실하게 보여주는 역할을 하고 있지 않은가. 어머니
와 화자인 "나"는 똑같이 '가난'을 겪은 공통점을 갖고
있다. 그러기에 더욱 "나"는 어머니의 임종을 지켜보면
서 회한과 안쓰러움으로 괴로워하고 있다. 프로이트는
그의 1920년 저서 『쾌락 원칙을 넘어서』에서 "모든 삶의
목표는 죽음이다. 그리고 소급해 보면 생명이 없는 것이

살아 있는 것보다 이전에 있었다"고 말한 적이 있다. 프로이트 식으로 보자면 어머니의 죽음이 결국 삶의 목표를 달성한 셈이긴 하지만, 그러나 "절대고독 속으로 홀로 떠나가는" 그 뒷모습을 지켜보고 있는 자식의 마음은 "힘들고 아픈" 걸 누가 알겠는가. 그러나 한편으로 시인의 마음이 힘들고 아픈 이유가 단순히 자식이기 때문만은 아닐 터. 그 임종의 순간에도 마치 유언처럼 "밥 먹었냐?"고 말씀하시는, "자식놈 끼니 걱정을 하는 그 지독한 모성" 때문이라는 게 더 정확할지 모르겠다. 그랬다. 시인의 어머니는 "밥 먹었냐?"는 한마디를 마지막으로 남기고 운명하셨다. 그만큼 어머니에겐 가난이 곧 삶 그 자체였는지도 모른다.

이제는 더 이상 졸라맬
허리도 없다

숱한 세월
오직 침묵 하나 부둥켜안고
살아온 당신

일평생
흙 속에 파묻혀 헤어나지 못한

고단한 삶 속에서도
밤이면 흐릿한 호롱불빛 아래
한 땀 한 땀 사랑을 깁던
어머니

시린 손끝 부비며
끓인 밀죽도
자식놈 먼저라
주린 배 다시 한번 졸라매고
쉬어 넘던 고개

모진 가난 끌어안다
등이 굽어버린
팔순八旬의 나이
이젠 오랜 세월에 무디어져
그 아픔조차 느낄 수 없는 지금

이제는 더 이상 졸라맬
허리도 없다

—「개미」 전문

그러면 그 어머니의 구체적인 모습은 어떠하셨을까.
시 「개미」에서 몇 가지 단서가 발견된다. 첫째, "숱한 세

월/ 오직 침묵 하나 부둥켜안고" 살아오신 분이다. 둘째,
"일평생/ 흙 속에 파묻혀 헤어나지 못한/ 고단한 삶 속
에서도/ 밤이면 흐릿한 호롱불빛 아래/ 한 땀 한 땀 사랑
을" 기우셨다. 셋째, "시린 손끝 부비며/ 끓인 밀죽도/
자식놈 먼저라/ 주린 배 한 번 더 졸라" 매셨다. 마지막
으로 "모진 가난 끌어안다/ 등이" 굽어버렸다. 이처럼
시인의 어머니는 한 생을 가난과 자식 사랑으로 모두 보
내신 분이다. 그리하여 더 이상 졸라맬 허리도 없는 개
미가 되신 것이다. 한국의 전통적인 모성애가 한 치의
수식이나 꾸밈이 없이 그대로 드러내 보여줌으로써 어
머니의 진정한 모성애가 무엇인지를 보여주고 있을 뿐
아니라 시인 자신 또한 자식으로서의 가식 없는, 그렇다
고 감정에 휩싸이지도 않는 사모곡을 노래하고 있다. 박
행자 시인에게 있어 어머니의 존재는 애상의 대상이자
부재로 인한 간절한 그리움의 대상이다. "당신이 가고
없는/ 그/ 빈/ 집/ 뜨락에서"(「다알리아」) 향기도 없이
피고 지는 다알리아만 보아도 그리워지고, 어머니가 계
시던 골방만 생각하면 "노오란 산국화 꽃내음이 그윽"
(「산국화」)하다. 이러한 어머니가 세상을 뜨신 후 시인은
회한이 너무 깊다.

   1) 목계木鷄라는 말은

나무로 작은 닭을 만들어
벽에 보금자리를 꾸며주고
그 닭이 울 때까지
어머님이 오래 사시기를 기원한다는 뜻이다.

그런데
왜 이리 가슴이 아려오는 것인가
한번도 단 한번도
사람답게
자식답게
인간답게 살아보지 못한 내가
부끄러워 고개를 들 수가 없다

젊음도 한때
머지않아 우리도 가야 할
그 종착역에서
땅을 치며 통곡하고
후회한들
무슨 소용 있으리

— 「어머니」 일부

2) 슬플 때나 기쁠 때나
비가 오고 눈이 올 때나

나는 항상
당신의 그림자로 살아갑니다

모래 바람 부는 언덕을
넘어도 그렇고
험한 가시밭길을 걸어도
그렇습니다

—「그림자」 일부

　시 1)은 어머니 돌아가시고 나서야 가슴 저린 자식의
회한이 가장 잘 드러난 작품이다. 나무를 깎아 만든 닭,
즉 목계木鷄의 의미를 통해 자신은 그리 하지 못했음을
역설적으로 한탄하고 있다. 그러면서 나아가 자신의 삶,
부모에 효도하지 못했던 지난날을 자책한다. "한번도 단
한번도/ 사람답게/ 자식답게/ 인간답게 살아보지 못한"
자신을 부끄러워한다. "땅을 치며 통곡하고/ 후회한들"
소용이 없음을 어머니가 안 계심으로 하여 더 절감한다.
그러한 시인은 시 2)에 와서 마침내 시인은 자신의 삶 속
에서 어머니의 그림자로 살아간다. 특히 고통과 아픔 속
에서도 어머니의 그림자로 살아간다. 돌아가신 어머니
의 그림자로 살아간다 함은 무슨 의미인가. 그것은 바로
불효자식으로서 속죄의 한 방법일 수도 있고 아니면 살

아생전 어머니에 대한 흠모일 수도 있다. 사실 박행자 시인의 시집 전편 어디에도 가난의 시절, 힘든 삶으로 인한 어머니에 대한 원망이나 거부감은 한 군데도 없다. 그만큼 성품이 선하고 아름다움을 반증하는 것이리라. 남아있는 자식으로서 "험한 가시밭길을 "걸으면서도 불평이 없다. 그 이유는 어머니가 생전에 "험한 산길로만 가시밭길로만" 다니셨음을 잘 알고 있기 때문이다. 이러한 어머니의 그림자로 살아간다는 것은 현대의 여성에게 있어서는 어쩜 다분히 고리타분할 터임에도 시인은 개의치 않는다. 아니, 오히려 "꽃이 지고/ 잎이 다 지고 나서야 비로소/ 앙상히 드러난 당신의/ 뼈마디 어루만지며/ 얼마나 가시 아픈 삶을 살아야 했는지를"(「찔레」) 시인은 가슴에 품는다. 참으로 한 줄기 강물 같은 한국 여성사의 단면을 보는 듯하다. 바로 여기에 박행자 시인만이 갖고 있는 시적 진실과 아픔이 동시에 녹아들어 있음을 발견한다. 시인은 무릇 이처럼 자기만의 진솔한 삶의 색채를 뿜어낼 줄 알아야 한다.

외로워도 가끔은 혼자이고 싶을 때가 있다

글쓴이 / 박행자
펴낸이 / 孫貞順
펴낸곳 / 모아드림

1판 1쇄 / 2007년 11월 26일

서울 서대문구 북아현3동 1-1278
전화 / 365-8111~2
팩시밀리 / 365-8110
E-mail / morebook@morebook.co.kr
http://www.morebook.co.kr
등록번호 / 제2-2264호(1996.10.24)

값 6,000원